ROMANI ✻ BIBLIOTHEK

Herausgegeben von der

Grünen Bildungswerkstatt Minderheiten

Das Verlagsprogramm wird gefördert durch:

.KUNST
bundeskanzleramt

Titel des Originals: »Soba s točkom« (Drava 2004)

Satz und Druck: Drava

Klagenfurt/Celovec

www.drava.at

ISBN 3-85435-430-4

JOVAN NIKOLIĆ

ZIMMER MIT RAD

Gedichte und Prosa

Ausgewählt und mit einem Nachwort
versehen von Dragoslav Dedović

Aus dem Serbischen übersetzt
von Bärbel Schulte

Drava Verlag
Klagenfurt/Celovec

Vorteil des Lesens

So lang ich denken kann, waren die Waschzettel mit den therapeutischen Indikationen und der Gebrauchsanweisung zur Tabletteneinnahme mein bevorzugter Lesestoff. Es handelte sich dabei nicht nur um die Neugier des Tablettomanen, sondern, ohne übertreiben zu wollen, auch um einen erzieherischen Akt. Es war das Bedürfnis zu verstehen, um die eigene Persönlichkeit vor dem unbekannten gepressten Pulver, das auf meinen Zustand einwirken sollte, zu bewahren.

Denn erst wenn ich lese, was dieser bittere Balsam, diese chemische Glückspille, dieser weiße Knopf ohne Loch in meinem Organismus auszulösen und auf welche Weise er mein Leben zum Bessern hin zu verändern vermag, beginne ich meinen Körper vorzubereiten, erleichtere ich es ihm, über die Suggestion des Gelesenen, sich a priori mit dem Übel anzulegen.

So jedenfalls sollte sich, meiner Meinung nach, jeder gewissenhafte Mensch in Verantwortung gegenüber seiner Gesundheit verhalten!

Was ich in Büchern, Zeitungen und Zeitschriften auch lese, ich schreibe es in ein Heft. So erkenne ich anderntags, wenn nötig, mit Leichtigkeit das Problem und kann mich in jeder Situation an die Anweisung weiser Zitate halten.

Denn das Leben ist dem Leben gefährlich, es enthält große Mengen an Kontraindikationen; die Menschheit aber ist zahlreich und vielgestaltig – und insofern unzulänglich bekannt.

Niemand hat die gültige Formel für eine Arznei gegen die Enge der Existenz bisher gefunden; dafür stehen große und dicke Bücher, Enzyklopädien, Lexika, Atlanten und Almanache bereit, in denen jeder Interessierte eine Anleitung zum Gebrauch des eigenen Ich finden kann. Was aber tut die Literatur anderes, als jene Fragen aufzuwerfen, die für den Menschen von grundlegender Bedeutung sind.

Es genügt, den Vor- und Zunamen eines bestimmten Phänomens zu kennen, seine Form, Struktur und Dimension, und nichts ist unmöglich.

Hierin besteht die Kunst, das rechte Verhältnis zur existierenden Welt herzustellen. Nicht dass ich die naive Ambition hegte, das eigene, qualvoll erworbene Geheimnis des Lebens preiszugeben, mich bewegt allein die Absicht, auf Vorzug und Nutzen des Lesens hinzuweisen.

TRAUM VOM HAUS

Das Lager

Pferde schnuppern Wasser,
Frauen klingeln mit Töpfen und Stimmen,
heißer Rakija – Gekicher,
zotige Flüche – Geruch nach Männerurin.

Schneller als der Rausch verschlingt die Nacht
den Hufschlag, die Räder, den treulosen Himmel.

Es ruhen, die das Land vermessen,
den Urgrund und den Fall:
Der Sklave weiß nicht, dass er Sklave,
Salz nicht, dass es salzig ist.

Die Nacktheit des Staubes,
verwundet von der grünen Nuss,
die einer Kinderhand entfiel ...

Traum vom Haus

Dort, wo des Nachts Fische
die Körperchen zu festem Land vereinen,
        werden wir Häuser bauen.
Die Verschalung aus Wassertropfen,
das Dach – perlmutterne Schuppen,
die Fenster – Fischaugen.
In der Morgendämmerung zerfließt das Land,
Salz löst uns auf, sobald wir den Boden erreichen.

Wälder entstehen,
wo Mütter sich die Haare kämmen:
aus fallendem Haar werden Bäume und Büsche,
        aus Läusen – wilde Tiere.
Im schwarzen Tann, dem die Vögel entfliehen,
        wo Finsternis zittert,
bieten nackt sich die Stämme dar, öffnen sich Tore.

Hier flüstern wir uns den geheimen Baustoff zu:
Häuser reifen, ohne zu Ende geträumt zu sein,
gehobelt werden Lager und Schrein,
das Kreuz breitet die Arme ...

Winter

Uraltes Feuer knackt an den Astknoten,
dreht das Rauchkarussell,
die Birke beglänzt mit Schnee den einsamen Pfad.

Hütten, Würfel wie aus Gotteshand geworfen
(Nüsse, Federn, trockene Spelzen),
Mäuseschnäuzchen,
eingetunkt in einen Kindertraum.

Geweihtes Brot – Kirche auf dem Tisch.
Keine Wolken,
nur Wölbung.

Jedes Fenster
        – Ikone!

Fenster

Dieses Fenster ist eine Ansicht und hat drei Dimensionen.

Die wichtigste fehlt ihm:
dass ich einverstanden wäre mit ihm,
so wie ich in alles Vergebliche einwillige,
wenn ich vom sogenannten Leben rede.

Himmel, unzulänglich stabil,
(in den mein Großvater zu Lebzeiten
unaufhörlich in Erwartung der Fliegerbomben
oder eines Besuchs der Außerirdischen starrte).

Himmel, gegen den mein Auge schlägt
all diese Jahre,
ob es nicht doch zersplittert, dieses Glas,
so dass wir alle zusammen (mit dem Fruchtwasser)
nach draußen
auslaufen ...

Todesahnung

»Jemand wird sterben«,
die Augen geschlossen sagt's der Vater frühmorgens,
»man hört ihn wieder, den Unglücksvogel
– er singt den Tod.«

Und wirklich, bald darauf
zerfließt der Tag in Wehgeschrei
(sein feines Ohr erkennt
die Musik des Todes).

Am Morgen sag ich, ganz wie Vater,
kein Sterbenswörtchen,
lautlos entwachse ich dem Schlaf.

Damit der Vogel nicht aufwacht,
damit er niemandem Schaden zufügt ...

Georgstag

Der Vater hat ein Lamm gekauft
zum Fest des Familienpatrons,
sein Hemd hat er mit Schweiß genässt,
das Haupt mit Regen.

Gott hat er gebeten, die Wunde
in seiner Lunge zu schließen,
als er dem Sohn das Slava-Brot gab
und die Seele dem Flieder.

Erst vier Wochen ist es nun her,
dass er ihn feierte.

Und der heilige Georg
– ist er erschienen?

Pflaumenbaum

Die Toten tanzen unterm Pflaumenbaum,
in der Morgendämmerung beschwören sie Großmutter,
ihre Seelen mit umgedrehter Kerze auf
Nimmerwiederkehr dahinfahren zu lassen.

Über die Geister-Zweige für den
Georgstag ist ein Fell gespannt,
noch bis gestern hat das Lamm
die Rinde benagt –
der verwundete Stamm
heilt den Biss mit Harz.

Winters lässt Schnee ihn erblühen,
das Glas seiner Zweige
besprenkelt eine Vogelspur.

Seine Frucht duftet nach Weihrauch,
zuweilen nach Basilikum und Rauch.
Seit langem von niemandem gepflückt
fällt sie ab und verfault,
unter der Erde gebiert sie sich neu.

Der Apfelbaum

Unter dem Apfelbaum vor dem Haus
ist ein Hund begraben.
Die Früchte
sind Vaters Sünde und Verbrechen.

Wenn Mutter auf dem Friedhof
ein Frühstück zubereitet, pflückt sie
für Vaters Seele das Obst, das er zu Lebzeiten
mit eigener Hand gepflanzt hat.

Jedesmal wenn ich Lust habe,
in einen Apfel zu beißen,
holt mich die Angst ein.

Es kommt mir vor, als wär ich ein Hund
und äße Vaters Knochen.

Der Fleck

Nun regnet es auch durch unser Dach.

Ein riesiger Fleck an der Decke,
betrachtet man ihn
und hält den Kopf dabei schief,
erinnert er an Adolf Hitler.

Ich würde am liebsten losrennen,
meine Freunde holen,
damit sie das Regenfresko bestaunen.

Doch meinen Vater
lässt die Erinnerung
an das Lager in Leipzig
nicht schlafen.

Lieber heute als morgen
will er das unheilvolle Zeichen
mit Kalk übertünchen.

Gast nirgendwoher

Ich bin sicher, da ist noch jemand,
er lebt in unserem Haus.

Er trinkt aus meinem Becher,
löscht unser Feuer und
stülpt unsere Träume um.

Auch jetzt spüre ich seinen Atem,
er sieht mir über die Schulter,
diktiert mir dieses Gedicht.

Wieso gluckst Wasser in den Wänden,
woher die Federn
unter meinem Bett?

Jeden Tag spiegelt sich meine Angst
vor dem ungebetenen Gast
im Spiegel

und nimmt Gestalt an.

Denen die von der Wahrheit wissen

Eines Tages begannen in unserem Haus
die Dinge zu verschwinden.
(Ich sah, wie Vaters Bett verschwand).
Zuerst fing es zu dampfen an, bis es sich ganz in
Dampf aufgelöst hatte und der Dunst
in feine Tröpfchen an der Zimmerdecke.

Vater und Mutter zündeten entsetzt eine Kerze an,
im Glauben, jemand werfe seinen Zauber über dies
Unglückshaus.

Ich fand's unterhaltsam, dachte, da ist sie,
die Theorie von der Harmonie der Möbel am Plafond.
Das ging so, bis ich eines Abends die Sintflut träumte
und morgens einen toten Fisch
unterm Kopfkissen fand.

Seither kann ich nicht mehr unterscheiden,
ob ich all das lebe oder ob ich in Wirklichkeit
nur träume zu leben ...

Wilder Regen

Rosa Zimmer, goldener Sonnenrahmen,
Beschützer des Hauses, Drache,
nie geträumte Innenhöfe,
unterm Flieder, unterm Federbett
(Iglu, Mutterleib, heilend und warm),

darunter die Hand entdeckt teuflische Lust,
rauf runter, rauf runter, rauf runter,
heiß jagt das Blut durch den Körper,
aus den Hoden in die Ohren,
aus den Ohren bis ins Herz.

Und sieh:
großer Augenblick von Geistesgegenwart
– pulsierend schießt der Strahl empor,
dann der Fall, absolute Pause.

Vom Bild an der Wand
blickt Mutter verächtlich auf mich herab,
der Vater, als flüstere er ihr gewichtig zu
– sieh ihn dir an,
er erbricht meinen Namen ...

Schrecklich

Das Haus voller Molche.
Es wimmelt davon an den Wänden.
Wir treten drauf, straucheln,
gleiten aus auf glitschigem Boden.

Wir schütteln sie ab,
kreischen,
in Panik geraten.

Ich kommandiere:
Rotten wir sie aus, mit Schöpfkellen,
Schürhaken, Stühlen!

Einer begann von hinten
in unsere Katze einzudringen,
mit der Hand fasste ich ihn am Schwanz
und zog ihn sachte heraus –
wie den Korkstöpsel aus der Flasche.

Die Katze hielt die Augen geschlossen.
Zog sich dann schmerzhaft zusammen,
schüttelte sich
und sagte: »Schrecklich!«

Meine Heimat

Meine Heimat ist
ein modriges Zimmer,
ein Bett,
ein Vorleger, ein Wasserhahn.

Es ist kalt,
die Glühbirne verblasst,
der Traum und
das unfertige Gedicht.

In meiner Heimat
auf dem Tisch
die Krumen
von Brot und Käse.

Ich lege mich nieder,
schweige und rauche,
stelle das Radio an,

damit es läuft ...

Zimmer und Rad

Hab ich dir gesagt, dass deinem Zimmer
die Räder fehlen?

Während im Gespräch die Gespenster entschweben
und die Körper in Schüben erbeben,
während uns im Nabel
der Schlaf einholt,
reitet das Zimmerchen bis ans Ende der Nacht.

Denk dir die Dämmerung
im Mittelpunkt
des Unwahrscheinlichen:

Die Erde umrundend
kehren wir zurück,
woher wir gekommen.

WEGGANG

Wo willst du hin, fragte sie mich nach Mitternacht, während ich beim Packen war.

Wenn ich es wüsste, würde ich es dir sagen.

Unnötig schleppte ich den überschweren Koffer, angefüllt mit Büchern, Wäsche und Manuskripten, im Glauben, sie wären mir ein Unterpfand für die Zukunft. War ich doch überzeugt davon, jemand in Belgrad ließe sich von der Komposition der Worte bewegen, die ich auf dem Papier mit dem Gedanken aneinander gereiht hatte, Literatur zu schreiben.

Überzeugt zudem, dass diese Spielerei mir den Weg zum Ruhm ebnen könne ...

Lass ihn! Er ist böse und macht eine schlechte Zeit durch, mischte sich der Vater ein.

Sie fing an zu weinen.

Armseliger, auch du wirst einmal Kinder haben, knirschte der Vater zwischen den Zähnen hervor. Jetzt würde er anfangen zu husten, ich wusste es.

Mutter stand mit verschränkten Armen und geschlossenen Augen da, sie weinte und wischte sich mit dem Ärmel des Schlafrocks die Tränen ab, sich zwischendurch bekreuzigend.

Sie blinzelte, damit ihr die Seele nicht aus den offenen Augen floss, um mir nicht nachzusehen, wie ich die Straße hinunterging und immer kleiner wurde.

Genauso wurde auch sie immer kleiner in meinem Rücken, umrahmt vom Hoftor, so, wie das Leben Menschen bei Schicksalsschlägen verkleinert.

*

Sie wartete am Bahnhof auf mich.

Im Auto duftete es nach Lavendel und Menthol.

Mit diesem Auto fahren wir nicht zu deinem Haus, sagte ich und stieg aus.

Du bist wirklich verrückt, sie lief hinter mir her. Sag mir, was bedeutet das alles?

Dieses Taxi riecht nach Tod, sagte ich und durchforschte meine Hosentasche nach einer Zigarette.

BROT UND SAXOPHON

Saxophon

Der Klang von Vaters Saxophon verbreitete um sich herum eine wundersam samtene Erhabenheit und Trauer. Einem Katzenjammer ähnlich, der dir die Augen schließt. Schläfrigkeit in der Dämmerung. Schokoladenfarbenes, verhaltenes Aufblitzen. Festlichkeit; wie das Erscheinen des schwarzen Lamms am Himmel oder des funkelnden Fiakers, den ein atlasbedeckter Rappe zieht, die Hufe mit Wolle umwickelt ...

Der Vater bemächtigt sich seines silbernen Schwans. Er liebkost das Gefieder seiner Klappen, küsst seinen schwarzen Schnabel. Leiht ihm seinen Atem.

Mit seinem heiseren Geflüster gießt er Sanftheit in unsere Seelen.

Lunge

Man sagt, dass alle Zigeunermusiker lungenkrank werden, dass sie Asthma haben und Atemnot. Deshalb ist die Zigeunermusik so traurig und immer nur in Moll ...

Dann wird die Luft rund um sie krank, sie steht und ist schwer und so betäubend, dass Schmetterlinge sterben

und Vögel vom Himmel wehen und das Atmen zum Schluchzen wird!

Deshalb singen Zigeuner lieber, als dass sie atmen ...

*

Nach jedem Atemzug stöhnt der Vater, atmet und stöhnt.

Bittet Gott, seine Seele zu sich zu nehmen und verflucht seine tauben Ohren.

Die Augen aufgerissen öffnet er den Mund wie ein Fisch auf dem Trocknen.

Quält sich, den unreifen Schleim aus den Tiefen der Lunge zu husten. Und hustet so stundenlang ins Leere.

Er kann nicht mehr spielen, er hat keine Luft für sich selbst und erst recht nicht fürs Saxophon.

Nach seinem Tod hallt noch lange in den Nächten sein Husten durchs Haus. Tiefsitzend, trocken und unausgespien.

Meine Schwester und ich, unter der Bettdecke, machen dem Vater Mut.

Verschlafen und verweint husten wir mit ihm in uns hinein ...

Magie des Klangs

Dem verstorbenen Vater

Es ist kein Brot im Haus.
Vater wischt den Staub vom Saxophon,
küsst es und bläst hinein.
Beim ersten Ton
lassen die Rußbärte die Arbeit fallen,
unterbrechen die Kinder ihr Spiel,
flüchten die Frauen ins Haus, weinen sich aus.

Hypnotisiert schleichen sich Hund und Katze an,
schnuppern an ihm.
Die Vögel spielen verrückt und greifen die Terz,
das Gras im Hof fängt zu wachsen an,
die Lilie blüht auf.

Unsere Armut – wie weggeblasen.

Flöte

Nimm die Flöte,
überfällt mich der Vater eines Nachmittags.

Schürz die Lippen. Schürz sie, als würdest du
 Elsbeeren essen.
Oberlippe über Unterlippe. Stoß die Luft aus, so,
 pu, pu, pu ...
Und dann mit den Fingern jedes Loch zuhalten.
Mit dem da dies, mit dem das.
Hoch mit dem kleinen Finger. So. Jetzt blasen!

Ich blase mit aufgeworfenen Lippen.
Im Nabel kitzelt mich ein leichter Schwindel.
Ich schlucke Spucke, doch gelingt es mir, einen
 Ton hervorzubringen.
Dann spiele ich auf gut Glück die Melodie des
 Liedes: *Vor Cenkas Haus.*

Mutter läuft herbei, gibt mir ein Zeichen mit den
 Augen, flüstert:
Der Vater, er weint im Hof.
Das erste, was er im Leben spielen lernte, war
 genau dieses Lied!

Lass sie jetzt, die Flöte ...

Stille

Dichte, unheilverkündende Stille,
sichtbar fast,
klebrig,
mit den Fingerkuppen berührbar.
Minutenlanges Schweigen –
als gieße man Leeres in Hohles.

Stille,
du lebst nicht, so will es dir scheinen,
oder die Erde dreht sich nicht mehr;
Augenblick, der ein Klirren verschluckt
von dem, was fast schon
herabgefallen wäre.

Stille,
sanft reibt sich ein Schweigen am Ohr,
nur lose aufgehängt im Gehör
verharrt es stumm –
Grimasse einer Null
in der Luft ...

Die Träne

Wenn sie den Sarg öffnen, wirst du ihm die Uhr anlegen und den Geldbeutel in die Innentasche des Sakkos stecken.

Was soll ihm die Uhr?

Ich hab dich nichts gefragt, tu, was man dir sagt!

Lieber Gott, wenn sie den Sarg öffnen und ich sehe meinen Vater, tot, gib mir die Kraft, dass ich ohnmächtig werde.

Gelb wie eine Wachskerze ist er. Um Schädel und Unterkiefer haben sie ein weißes Tuch gebunden. Auf dem Bauch seine gefalteten, schönen langen Finger. Ich zittere und weine von innen heraus. Mir klappern die Zähne, während ich ihm die Uhr umbinde. Ich mache mir Mut. Das ist nicht mein Vater. Das ist sein Anzug. Den hat Gott ihm zu Lebzeiten gegeben. Sie bringen das Saxophon auf einem roten Seidenkissen. Legen es ihm an die Lippen.

Spiel, Dragiša! Spiel!, schreit eine weibliche Stimme aus der Menschenmenge.

Viele schluchzen. Ein Wehgeschrei erhebt. Man hört Trommelwirbel, gegen die Brust geschlagen. Unhörbar berühren Vaters blaue Lippen das Mundstück ein letztes Mal.

Die Schwester streicht ihm sanft übers Gesicht.

Dabei öffnet sich das eine Auge. Ein Aufschrei. Gedränge. Auch die Popen weichen zurück. Meine Schwester und ich, wir sehen uns an.

Aus diesem geöffneten Auge läuft das erloschene Gesicht hinab eine dicke Träne. Ihre feuchte Spur glitzert an der Sonne.

Rückkehr

Mutter öffnet mir, verjüngt,
Mutter, schön wie das Wasser.

Im Haus gibt es keine Hoffnung, kein Licht –
auf dem Tisch schimmliges Brot und kalte Milch,
obenauf eine Haut aus Eis.
Schaben prallen im Staub aufeinander,
im Spinnengeweb schreien Tauben und Katzen.

Licht rinnt durch einen Riss im Dachboden,
zerreißt den Dunstschwaden aus Moder
                und Nichtanwesenheit,

es fällt auf die mit Staub bedeckte Zeitung,
die das Datum meiner Abreise trägt,
vom Tag, als die Zeit im Haus stehen blieb

und rückwärts lief.

STADT-GEBET

Stadt-Gebet

O Herr, ich flehe dich an,
mach, dass einmal ganz plötzlich
mitten in einen faulen Sommertag
im August
Schnee fällt, damit
unsere staubigen Herzen erwachen.

Schenk, Herr, unserer Stadt eine ewige Musik
(eine Stadt ohne Musik ist eine tote Stadt)
und schenk ihr, Gott, nur dies bitte ich noch,
eine Gestalt.

Schau, nach was sie aussieht!

Name einer Spelunke

Kyrill und Method trinken Bier im *Moskva,*
hören Zigeunerlieder und weinen.

Stell dir vor, sagt der eine,
dass sich die Landschaft zusammen mit uns
zu einem Quadrat verengt, winzig wie eine
Streichholzschachtel,
die sich unversehens in einen Spiegel verwandelt,
der Spiegel in ein Ei,
dem ich winzig und schön entschlüpfe.

Brauch ich nicht – antwortet der andere.

Siehst du, sagt der erste,
mir macht so eine Szene Appetit ...

SARTRE, der geschlechtslose Neurotiker, ist
mit Ticks übersät,
er duldet seine balkanische Reinkarnation,
verunsichert Schwangere im Autobus.

Bringt keine Kinder zur Welt, flüstert er,
und wenn es euch dennoch passiert,
trennt ihnen die Nabelschnur nicht durch,
sondern zieht sie daran wie Haustiere
hinter euch her.

Die Polizei kontrolliert ihn, führt ihn ab,
er randaliert und belästigt die Bürger
auf Märkten und Plätzen und auf dem Friedhof,

ich bin Metallarbeiter – grölt er –
und hasse die ganze Welt!

Grad an Invalidität

Im Flur der Internen,
im Städtischen Krankenhaus,
beäugen sich
im Vorbeigehen
der Bucklige und ich.

Als führe der Chirurg
den ersten Schnitt aus,
so schneiden sich unsere Blicke:

Meiner, der seinem Buckel gilt,
seiner, der meine dunkle
Haut meint ...

ZAHLUNGSFÄHIGKEIT

Die närrische Wahrsagerin Mirka schreibt Geld
auf wertloses Papier,
zerreißt ihre auf der Straße
aufgelesenen Zettelchen,
um das Bier zu zahlen, den Tabak, Innereien und
Knoblauch,
höflich sagt sie – die Rechnung bitte!

Kellner und Händler runzeln die Stirn,
die Schaffner fluchen,
rufen die Polizei,

niemand sieht
ihre überwältigende Zahlungsfähigkeit,

mit der sie
Brot kaufen kann, den Himmel,
uns, billig wie wir sind, und
alles, was etwas kostet!

Intermezzo in Čačak

Auf den Stufen des Stadtplatzes
– ein Pärchen
die Hände unterm T-Shirt,
John Player Special,
man küsst sich,
fühlt sich befreit.

Beide sind staubig und in Jeans.
Er, barfuß, trägt das Haar wie Christus,
sie, eine Nuance dunkler,
trägt aber Turnschuhe.

Da ist auch ein weißer Fiat
mit dem Kennzeichen ČA etc.
Es ist ruhig.
Harry zeichnet ein Plakat –
es fehlt ihm ein Regenbogen.

Prévert hätte aus all dem
ein Gedicht gemacht.

Ein Morgen in der weissen Stadt

In Warteräumen liegen Reisende
wie Leichen am Grund des Kessels,

kopflose Horden, ausdruckslose Gummigesichter,
man rempelt sich an, stinkt schweigend;
Dirnen, immun gegen das Gift des Schlafs,
bespeien die Büste eines Denkmals
mit nächtlichem Schwefel – Pigment des Zerfalls.

Jungfrauen springen vom Dach der Entbindungsanstalt,
tragen unter einem Leichentuch winzige Körper vorbei
und verwischen mit Bürsten die Spuren
geplatzter Jungfernhäutchen.

Tauben im Sturzflug werfen sich mit
Flügeln und Schnäbeln auf die Menschen,
manch eine, erstarrt von der Gewalt des Aufpralls,
schlägt auf den Asphalt, augenlos.

Die Szenerie erregt wie Alkohol das Blut.

Feierlich fromm kündigt er sich an, der lahme Tag,
in unserer weißen Stadt,
dabei vergisst er eine Holzpantine
an der Mündung zweier Flüsse unter dem Avala ...

Sackgasse in Richtung Westen I

An angepissten Haustoren vorbei
schleppe ich meine flauen Gedärme,
reibe mich an den Hüften von Hausfrauen
mittlerer Jahrgänge,
schreibe an Autobusse Graffiti
VERZICHTET AUF DIE HEIMTÜCKISCHE
GNADE DER HOFFNUNG!

Ständig entfallen Dinge meinen Händen,
jemand spioniert mir nach,
versteckt mir Portemonnaie, Aktentasche
und Schlüssel.

Nachts befühle ich den Bauch meiner Frau,
wecke, frage,
bitte sie, mir zu antworten

– Glaubst du, dass es mich gibt?

Sackgasse in Richtung Westen II

Wie ein gestopfter Enterich watschle ich einher,
unregelmäßig synkopisch verlagere ich
das Gewicht von Erfahrung, Schein und Sünde
vom einen Bein aufs andere
(die lachhafte Oberfläche unterjocht den Grund).
Schreite ich aus oder stürze ich ab?

Warum währt ein Menschenleben länger
als fünfzehn Minuten,
lassen sich Träume vorstellen,
die in Tabletten gepresst sind?

Nicht einmal fliegen kann ich,
die pure Existenz zu überflügeln;
halte ich aus Trotz etwas länger die Luft an,
bleibt mir das Herz stehen.

Warum nicht schreiben,
dass ich im Badezimmer
aus dem Wäschekorb
weibliche Dessous gezogen,
an ihnen gerochen
und geweint habe.

Das Sakrament des Sonntags oder Zerstäubte Luft

Glockenförmige Lampen gießen Licht
von der Farbe des Ackersenfs
auf eine schorfige, verwitterte Fassade,
lokaler Spuk – nur Trug.

Noch sieht man nicht, wer um die Ecke
mit dem Geschirr klappert wie mit einem
Groschen auf dem Boden eines Zinneimers.

Durch die engen Gassen jagt der Wind,
mancherorts schüttelt er die Türen im Rahmen.

An den Bäumen wachsen Federn,
das große, ruhige Wasser der Stadt
sieht aus, als fließe es nicht.

Eine wohlbeleibte Frau geht vorüber,
hinter ihr steigt eine Wolke von Stallgeruch auf
und zerstiebt in der Luft.

Über der weiten Landstraße,
besprengt mit Regentropfen,
pockennarbiger Staub,
Gewieher und Hufschlag ...

Vorstadt-Haiku

Aus grünem Korb

lugen die Federwische von Zwiebeln,

dazu ein Laib Brot ...

Un-Stadt

Sackgassen, schlangenlinig gepflastert,
dazwischen, aufs Geratewohl
wellblechgedeckte Behausungen
mit gedrungenem Säulengang.

Von der Gasse führt eine Tür in den Hof,
wo überwucherte Ruhestätten liegen –
Steingrab und Hauskapelle.

Gassen, mutwillig versammelt,
aus Angst und Frömmigkeit gewachsen,
ihre Ansammlung verdient nicht,
dass man sie Stadt nennt.

EIN MANN DER TRÄUMT ALLEIN ZU SEIN

Klub solidarisch besorgter Eltern, deren Kinder auf Exkursion mit einem Schiff unterwegs sind;
es wird gemeldet, dass Sturm aufkommt

– Ihr Kind ist an Bord?
– Nein!
– Was tun Sie dann hier?
– Ich weiß nicht, wie ich es erklären soll,
ich bin nichts als der
Eigentümer dieses Traums ...

Amarcord

Ich erinnere mich:
Der Türsteher vermeldete mir eines Tages,
wem ich meine Herkunft verdanke.
Es tut mir leid,
damit wird in meinen Memoiren
alles dissonant.

Zunächst schleppten sie mächtige Maschinen herbei,
dann errichteten sie dasselbe natürliche Dekor
in meinem Traum.
So entstand der Abgrund,
in den ich fiel.
Mutters Schoß empfing mich:
Wohin fällst du, mein Sohn,
wohin fällst du?

Die nächste Katastrophe
habe ich in leserlicher Schrift hinzugefügt:
»Ich sah Menschen, die dieses Leben satt hatten
und massenweise Hand an sich legten.«
(Dies war eine erste Ahnung vom Krieg).

Die dritte aber war,
dass alles nur ein Traum ist,
der allein deshalb wahr wird,
weil ich ihn aufschreibe!

ICH FAHRE,
durchdringe den Raum.
ich hab' die Armbanduhr dabei
– stimmt die Uhrzeit?

Langsam und wie ein Diskus dreht sich der Horizont,
ich halte den Atem an:
– verschlinge Bewegung.

Welches ist die kritische Geschwindigkeit,
bei der Farben und Formen verschwinden,
bei der die Kindheit aller Dinge
wiederkehrt?

Reise

Sterbe ich,
will ich im Traum
meines toten Vaters erwachen.

Wenn wir uns so nicht treffen,
will ich als Toter ihn herbeiträumen.

Kommt er nicht,
werde ich bis in alle Ewigkeit sterben
und durch die Träume reisen
aller Vorfahren und Verstorbenen.

Nur, den Vater zu erblicken,
beide Hände ihm zu küssen,
ihm zu sagen,
wie das Leben schmerzt ...

Stilleben

Vollständig genesen, sehe, träume ich
das Meeresufer, um Mittag,
wenn es keinen Schatten hat –
das orangefarbene Meer,
ruhig wie ein Diktat.

Die Sonne feuert
(als sähe das Auge Gottes herab),
um mich die Körper schöner Frauen,
betrunken starren Soldaten auf die
traumhafte Erscheinung:

Vom Himmel eine Hand
verwischt den modernen Pinselstrich.

Böses Omen

Mein Schatten ist als Verschwörer verurteilt.

Seinen heulsusigen Frieden drangebend
hat er ein Transparent gemalt und
gegen die herrschenden Religionen geschrien:

DAS LEBEN IST DIE GEOPFERTE
FORM DER EXISTENZ!

Panisch schlugen ihm die verstörten Priester,
wo er in mein Fundament dringt,
einen glühenden Nagel ein.

Auf dem gespenstisch blauen Marktplatz,
eingetaucht in einen Topf Formaldehyd,
wird er im Vorbeigehen schweigend gesegnet
von den uralten, weisen Häuptern –
die rülpsen
das Alphabet.

Phantomschmerz

Ich war aufgewacht, doch hätte ich nicht gerade
schwören mögen, dass ich wach war.

Über dem Bett eine Zigeunerin in Schwarz,
mit ihrer rauen Hand streicht sie über meinen Bauch,
bricht Lehmbrocken ab,
verstreut sie in alle vier Winde.

Knüpft mir die Nabelschnur auf,
nähert ihre Lippen, saugt grünen Schleim,
Blut von Tieren und Pflanzen, die mir Nahrung waren.

Schneidet mir den Schluck in der Kehle ab,
Erleichterung tritt ein.

Warum will es mir nicht einfallen, wer ist diese Frau,
die still vor sich hin murmelt,
die noch kein menschliches Ohr vernommen
und die verstummt,
noch bevor ihr Mund
einen Laut gebiert?

Ein Mann der träumt allein zu sein

Ich bin nicht so tot wie es aussieht,
nur traurig,
ich fürchte mich wie ein Mensch,
der träumt, allein zu sein.

Ein falscher Fehler, so
liege ich und schluchze.

Weil es mir an allem mangelt, warte ich,
dass die Dächer Flügel bekommen
und das ganze vergeudete Leben
seinen alten Glanz wiedergewinnt.

Angst

Ich kann nicht mehr,
kann nicht mehr alleine schlafen,
brauch eines anderen Hand,
Hand, weich wie eine Katzenpfote,
anstelle des Kopfkissens.

Ich trau mich nicht mehr,
trau mich nicht, allein zu schlafen,
ich brauch die Hand eines anderen,
wenn sie den Alterstraum träumt,

meine Kinderseele ...

Traum im Schlaf

An der Schwelle zum Überbewussten

Ich stelle sie mir vor:
deine gewöhnliche, gesunde Nacht,
du träumst dir andere Himmel
und dich in ihrer Schönheit.

Ich trete aus dem leeren Buch und
färbe deinen Traum schwarz.
Auf das Fenster male ich einen blutigen Mond
(wegen des riesigen Verdachts auf Krieg).

Du begreifst das fatale Blendwerk,
glaubst im Traum
zu träumen ...

Ungesagter Urvers

Träume sind Bewohner einer Insel,
bewachsen von Alraun und Mohn,
Eulen nisten dort und Fledermäuse,
das einzig Lebendige, das in der Luft kreist.

Durch die Insel
fließt nur des Nachts
ein Fluss.

In der Ebene eine Stadt
von hohen, düsteren Mauern.
Hinter dem Tor aus Eisen und Lehm:
der ungesagte Urvers.

Die Nacht ist totes Tageslicht,
indes aus Nacht sich Tag gebiert.
Der Keim der Welt: ein Traum, mehr nicht,
von Gott geträumt – und so passiert.

Un-Schlaf

Solang du, jung und empfindsam, wie Protoplasma
inmitten der untröstlichen Betrübnis der Menschheit
schläfst ...

Halbwach stammelt sie lautlos von einer
verkehrten Stimme,
irrwitzig jagen Stühle durchs Zimmer,
poltert ein Lampenschirm wie toll mit seinen
Flügeln aus Rohr gegens Fenster.

Aufschluchzend küssen sich Schlüssel und Schloss,
ein Licht aus Stille frisst sich durch die Dunkelheit,
Hornissen – Elfen aus nächtlichem Alptraum.
Das Bild im leeren Rahmen erfindet sich selbst,
flinke Schatten jagen Saugröhren ins Hirn
und schlürfen Träume.

Fisteln, als Durst maskiert, wecken sie auf,
und schon tastet die Hand das Glas –
auf seinem Boden die fatalen Tabletten ...

JENE DIE HEUTE NACHT EIN GOTT TRÄUMT

Federkissen das atmet

Zu nah beugte es sich über das Buch vor mir,
berührte mich flüchtig mit den Brüsten,
verborgen unter einem Pulli aus Bouclé –
das unbekannte Mädchen.

Ein Duft nach Morgenfrische und Kinderseife
weckte in meiner Seele plötzlich wieder
schmerzliches, längst abgelegtes
Empfinden für Frauenzärtlichkeit,
die im Mann eine geschärfte Klarheit und
einen Überschuss an Wirklichkeit weckt:

Ein Körper waren wir, einen Augenblick lang,
das unbekannte Mädchen und ich, seine Brüste
hoben und senkten sich über meinen Schultern,
ein Federkissen, das atmet ...

FERN und unbekannt wo,
trauernd, fraulich, zärtlich,
lockt sie wie der Abgrund –
schön wie das Weib des weißen Kentauren.

Sie zähmt das Getier meiner Träume,
wandelt kniend,
die Frau,
die heute Nacht ein Gott träumt.

Ich ersehne, dass sie mir Sohn und Pferd gebiert,
dort auf dem Hügel, selbstvergessen im Spiel,
damit ich sie rühme in Ewigkeit.

Noch einmal die Frau

Liebreiches Geschöpf, scheue Finger,
heiliges Wasser der Lippen,
seelenvoller Blick, sanft und gerade.

O diese Wangen zu küssen,
die duften nach der ganzen Welt.
O die Last abwerfen, vermehrt
um das vulgäre Zeichen des Geschlechts.

Ein Ebenmaß an Harmonie und Schönheit
schenkt ihrem Gesicht den Glanz
des Festes, krönt den Augenblick:

Wie sie niederfiel und schwor,
wie die mit Leichtigkeit begabte,
barfüßig, sanft, die Trauben kelterte.

Langes gelocktes Haar,
rauschender Bergbach,
Dornenreisig,

wie es lauthals jauchzend
frohlockt!

Das Kind zu ihren Füssen

Für Sanja und Vojin

Ein sanfter Abend, ein geborgener Ort,
ein erleuchtetes Fenster, irgendwo
an der Wand befestigt
ein Teppich.

Sie hängt im Garten Wäsche auf,
summt vor sich hin,
meine junge Frau.
Die Bäume
strecken die Zweige nach ihr aus,
verlangen sie zu fassen.

Zu ihren Füßen das Kind,
sein kleiner Finger glaubt
der Blume Blau.

O Vater unser!
Verwandle mich
in diese Blume –

mit ihrem Duft
mich ihm bemerkbar zu machen ...

Neben dir auf der Erde

Die weichen Nachmittagsklänge
reizen und beruhigen,
purpurfarben schleicht sich der Abend an,
überzieht das Tal – vergoldet
den angebissenen Apfel in deiner Hand.

Wir liegen beschmutzt vom Gras,
ich lecke deine bloßen Füße, Zeh um Zeh,
reglos hältst du die Augen geschlossen,
duftest nach feuchtem Holz.

Wie schön das ist, sagst du,
als wär' ich in Mutters Bauch,
als wär' ich im Wasser, nackt.

Das ist alles

Mein Leben verharrt neben dem deinen,
wacht auf, geht und kehrt wieder.
Das ist alles.

In deinen Armen das Kind, der Spinnrocken weint.
Rundherum die Welt verbrennt in uns,
schnell und für immer.

Manchmal schiebst du die Vorhänge zurück,
manchmal flüsterst du
wie abwesend mit trockenen Lippen.

Als du mich noch nicht kanntest,
warst du fröhlich
und hast das Leben geliebt ...

Unsere Liebe

Die Abende, die traurigen und kalten,
Über der Stadt, über des Lebens Glut,
Allein in der Wohnung, zwei Jammergestalten,
Jeder für sich, jeder im eigenen Blut.

Unsere Körper reglos und ohne Klang,
Als ob das Leben nur dauere und mahne.
Leicht gleitet die Hand über den Körper, bang,
Im Zeichen der Übergabe – weiße Fahne.

Die Lampe blinzelt, als ob sie sich wehre,
Träge umsirrt von einem Insekt, für das es
Besser, viel, viel besser wäre,
Wenn niemand, hier, existierte ...

Ein Mann der wartet

Ein Mann, der wartet, streicht untadelig die Decke über seiner Liege glatt.

Er lüftet sein Junggesellenzimmerchen, besprengt sich mit Eau de Cologne, stellt eine sentimentale Musik ein. Gelassen erträgt er den Terror der Uhr, toleriert eine gewisse Verspätung. Er, der Wartende, wiederholt zum wer weiß wievielten Mal dieselben Bewegungen. Er glättet die Decke, wählt sorgfältig einige Überschriften aus Büchern und Zeitschriften und drapiert sie an einem gut sichtbaren Ort, bespritzt dann den Heizkörper mit Parfum, verrückt die Nachttischlampe einmal nach rechts und einmal nach links, um sie wieder an den alten Platz zu stellen, überprüft den Stand der Dinge im Badezimmer und entfernt die Haare, die er auf der Seife findet. Er hat seine Nervosität weggesteckt und Gelassenheit ausgepackt, alles in Ordnung, sagt er und steckt sich eine Zigarette an. Er setzt sich vor den Schreibtisch, schlägt die Tageszeitung auf und konstatiert mit Erschrecken, dass er sie samt und sonders schon gelesen hat, einschließlich der letzten Rubrik, die Todesanzeigen inbegriffen. Dann beginnt er, die Dinge auf dem Boden mit dem Fuß wegzustoßen, ohne zu wissen, warum er zum hundertsten Mal dieselben Bewegungen macht. Grundlos sucht er wieder die Toilette auf, pisst sich die Neurose aus dem Leib, bestellt sich im Spiegel sein vis-à-vis, sieht sich, eine Zigarette zwischen den Zähnen, an der er gar nicht zieht, sondern kaut.

Während er alles an die Wand wirft, was ihm aus der Hand fällt, grübelt er, wie er endlich an irgendetwas Nützliches und Entspannendes denken könnte, weiß aber, dass ihm jetzt nichts helfen kann, dass es vergeblich ist, an etwas anderes zu denken.

Er ist ein Mann, der sich in die erniedrigende Lage versetzt sieht, warten zu müssen; deshalb steckt er sich eine neue Zigarette an, obwohl die Vorgängerin erst zur Hälfte aufgeraucht ist. Er leert den Aschenbecher und öffnet das Fenster, um zu lüften. Er zieht sich das neue Hemd aus und schlüpft in ein schwarzes T-Shirt. Seine Nervosität gerät außer Kontrolle und wird noch gesteigert, weil sich Hemd Numero vier plötzlich auf dem Boden wiederfindet, aber es ist ihm egal, ob er es aufhebt oder nicht, denn jetzt ist es sowieso einerlei, ob eine Sache auf dem Boden liegt, im Schrank oder im Wäschekorb, und er spielt, nun schon weniger betrübt, leidenschaftlich mit ihnen Fußball, denn das Schießen gewährt ihm eine gewisse Erleichterung.

Der Mann, der wartet, streicht zum x-ten Mal die Tagesdecke über der Liege glatt und greift nach einer neuen Flasche Bier. Jedes Geräusch täuscht ihn. Der dumpfe Schlag einer Autotür. Ein Taxi! Sie ist mit der Taxe gekommen. Dass Knarren der Tür und das Knacksen der Zweige bei jedem Windstoß erscheint ihm wie das Klappern ihrer Absätze, die der Tür seines Zimmers zustreben. Die Klinke quietscht beim Niederdrücken, in seiner Phantasie betritt sie auf den Knien rutschend stets mit einer neuen Entschuldigung das Zimmer, obwohl es sie nirgends gibt außer in seinen neurotischen Wünschen.

Er aber hält die Bierflasche fest. Nicht mal für eine Sekunde verlässt ihn das Gefühl der Erniedrigung, es hält Wache an seinem Bett und verfolgt alle seine Bewegungen. Unter der Wärme dehnt sich sein Körper, unter der Kälte krümmt er sich, und wieder einmal ist er, die Schuhe noch an den Füßen, eingeschlafen, vollständig betrunken.

Berühr mich mit den Augen und liebe mich

Wieder habe ich dich geträumt. Ein sicheres Zeichen, dass ich mir einen Brief von dir wünsche.

Wir saßen in einer unbekannten Kneipe, in einer uns gut bekannten Ecke, getrennt vom Geklirr der Gläser, vom Stimmengewirr und dem hysterischen Gekicher der Frauen.

Deine Augen glänzen, hast du gesagt, und deine Hände sind heiß, du bist wieder krank und traurig und willst dich nicht heilen ...

Mit mir ist nichts, nur sollst du mir etwas erzählen, ich möchte dir die ganze Nacht zuhören, sprich langsam, wiederhol jedes Wort ein paar Mal, ich erinnere so schlecht, ich hab' es dir schon gesagt.

Du hast von deinem Wunsch gesprochen, so klein zu werden, dass du auf meiner Handfläche Platz findest und dort für immer bleiben kannst.

Ein Mann in der weißen Uniform eines Marineoffiziers sang mit weichem Alt ein unbekanntes neapolitanisches Klagelied: *Toccami con gli ochi e amami** und verbreitete, getragen von Melodie und Rhythmus, Duft und Wärme.

Lern es zu träumen, sagte ich, damit wir uns lieben – im Traum.

* Berühr mich mit den Augen und liebe mich (dieses Lied existiert nur im Traum).

Die Tür öffnete sich, und als senke sich die Kälte des Kosmos auf die Erde, fuhr ein Schwall Kälte in die Kneipe, die augenblicklich die Insekten auf der Lampe in Kristall verwandelte. So entstanden prächtige Lüster.

Jemand stand auf und schloss sie. Alle waren erleichtert. Dann öffnete sie sich wieder, von selbst.

Ein anderer stand auf und schloss sie, und wieder öffnete sie sich von selbst.

Dann stand ich auf und schlug sie mit einem Krachen zu. Wieder öffnete sie sich.

Ich machte sie wieder und wieder zu und jedes Mal öffnete sie sich aufs neue.

Die Szenerie sah aus, als könne sie ein ganzes Leben andauern.

Das machte mich wütend, und ich fing an zu fluchen und mich zu bekreuzigen.

Nichts hängt mehr von mir ab, dachte ich, ich bin unfähig, irgendeine Bewegung zu machen.

Du wirst mich nie mehr sehen, hast du gesagt und bist verschwunden.

Ich wollte dir sagen – gib auf dich Acht!

Aber seit langem schon verrät mich der Traum ...

Unhörbar wie der Schmerz

In behagliche Regungslosigkeit versunken blase ich Rauchringe, eine leichte Ohnmacht und angenehme Schläfrigkeit überkommt mich. Aus den Ecken dringt der schwere Geruch nach ranzigem Öl und gekochtem Rakija.

Auf einem nicht allzu fettigen Tischtuch, dessen weiße Fragmente das Zahnfleisch pelzig werden lassen, ein winziger Fleck verschütteten Rotweins, ein menschlicher Schrei. Als ließe sich der Himmel auf die Erde herab, hängen Wolkenschwaden aus Küchen- und Tabakdunst über den Tischen. Die eine oder andere Hand schiebt sie beiseite, oder es ist ein donnerndes Lachen, das sie vertreibt.

Dann und wann weht ein neuer Gast herein, und während er noch an der Tür die Kälte abstreift, entgleitet, gemünzt auf den Schnee, ein zahnloser Fluch seinen Lippen.

Keiner jedoch, der auf mich zuginge oder mich anspräche. Eingeigelt sitze ich zwischen fröhlichen Menschen. Wie das Gekrächz von Rabenschwärmen, so geht in Wellen der ganze Radau mir durchs Ohr wie der Faden durch ein Nadelöhr; und all das hebt sich zur Decke und senkt sich dann zum Boden, nicht mit Lärm, sondern mit einem weichen Schweif, der in den Ecken der Kneipe wabert und vibriert.

Stimmen, ab und zu wie das Gebell von Apportierhunden, die Beute wittern, bald das Grunzen eines Ebers, bald ein Auflachen oder das Gebetsgemurmel der Priester.

In mir mischen sich Gemurmel und Geraune der Menge, als befände ich mich auf einem Jahrmarkt voller Stimmen und Gesichter, die sich, die Membran Gott weiß welcher Welt durchdringend, als wohltuende Lähmung niederschlagen.

Und während ich mir mit der einen Hand ununterbrochen ein Stück Zitrone unter die Nase halte, führe ich mit der anderen dann und wann meine Tasse an die Lippen und schlürfe Tee, die Tasse ist so heiß, dass ich sie nicht lange halten kann. Wenn Finger gefrieren und dann auftauen, schmerzen sie, und unter den Nägeln beginnt es zu kribbeln.

Die Schlucke in meiner Kehle sind ziemlich vernehmlich, während sich meiner Brust ein gewisses Behagen bemächtigt ...

Beschleunigt rühre ich mit dem Löffelchen in meiner Tasse, in der sich ein Miniaturstrudel bildet, ein umgestülpter Kreisel. Wenn es an die Keramik schlägt, blitzt beim Anticken das Metall auf, und es ertönt ein schriller Klang – Kommunion der Wärme, kreisendes Klingen, Glöckchengeläut, Getändel auf der Leiter des Xylophons: Versilbert und verspielt, als sei es an der Wärme des Tees geschmolzen, zeigt sich das metallene Ruder, zur Hälfte untergetaucht, krumm und schlaff. Zum Ruhme ihrer heilkräftigen Eigenschaften steigt die winzige Säule einer aromatischen Duftwolke aus der aufgebrühten und gesüßten Pflanzenmischung von der Farbe des Bernsteins.

Von der Decke herab blinzeln kleine Lampen und lassen die Mitternacht als Dämmerung erscheinen. Als sich in der Tasse vor mir der Strudel beruhigt und nur ein vibrierendes Zittern an der Oberfläche bleibt, spiegeln sich in der Flüssigkeit zwei badende Augen, die blinzeln und auf dem Tisch wie Öllämpchen erglänzen. Die doppelte Reihe dunkelorangener Lichter am Plafond erinnert, gedunkelt vom Rauch, an das entzündete Weihöl neben dem Kirchenportal. Und sieh nur, es ist, als säßen wir alle mit herabhängenden Köpfen da. Was sind Kneipen schon anderes als – auf den Kopf gestellte Kirchen!

Neben dem Fenster, das von der unterschiedlichen Temperatur der Räume, die es trennt, von innen beschlägt, blicke ich, umgeben von Menschen, fern, einsam und in der Angst, mit Mobiliar, Stimmen und Gerüchen zu verschmelzen, wie durch das Glas eines Aquariums die leere, mit Bergen von Schnee verwehte Straße hinab, während ich mich frage, auf welcher Seite des Glases sich das Leben befindet und auf welcher derjenige, der fragt.

Dann aber, traumwandlerischen Schritts, gebeugt und in Gedanken versunken, erscheinst von irgendwoher du, trägst die verfrorene Nase und ein bisschen Schnee auf den Wimpern vorüber.

Mein Herz verliert den gewohnten Rhythmus, leidet wie eine Fischblase.

Umhüllt von meinen Blicken anstelle eines Schals strebst du unbekannt wohin, aber so, als bräuchtest du eine ganze Nacht für die wenigen Schritte am Fenster vorbei, durch das ich dir verspätet und verloren nachsehe.

Dir gilt das Geklingel des Löffelchens, mit dem ich wie ein Glöckner zum Abendgebet rufe. Wie der Leithammel rufe ich mein verlorenes Schaf mit einem Laut, den du nie hören wirst, denn er ist stumm wie der Schmerz. Du jedoch gehst wie eine Mondsüchtige vorüber, während der Schnee auf deine Fußspuren fällt und gefriert und seine weißen Spinnen an deiner Aura schmelzen ...

WORT UND SCHLÜSSEL

Geschichte des Theaters

Das Theater hat seit je die Form einer Kugel. Weil die Kugel weiblich ist und somit vollkommen. Verlässliche Angaben über das Datum seiner Entstehung gibt es nicht. Einige Quellen führen archäologische Ausgrabungen an, die Historiker erwähnen China, das alte Rom oder das antike Griechenland. Sein ursprüngliches Dekor aber bestand aus Wasser, Stein und Erde. Das Feuer kam später als szenischer Effekt hinzu. Tiere ergingen sich frei in den Gärten der Bühne.

Den ersten Schauspieler, so steht geschrieben, schuf aus Erde der Oberste Regisseur. Seine Partnerin schuf er, so nämliche Schrift, aus der schlanken Rippe des erstgeschaffenen Schauspielers. In Akt eins wird erwähnt, dass der Kostümograph arbeitslos war. Daraufhin kreierte die Schlange, ihr historisches Ansehen opfernd, auf einem Umweg das erste Kostüm für die bedürftigen Akteure.

Was diesen Vorfall, diese undisziplinierte Improvisation betrifft, so fiel die Schlüsselrolle einem Requisit zu (noch steht nicht fest, ob es wirklich ein Apfel war oder vielleicht doch ein Paradeiser, also eine Tomate).

Jedenfalls wurde das Palmblatt zum ersten Kostüm der ersten Schauspieler in der überlieferten Geschichte des Theaters.

Erwähnenswert ist, dass es gewisse Häretiker gibt, die zu der Überzeugung neigen, dass den ersten Schauspieler ein gewisser Holzschnitzer, ein Alter namens Gepeto, schuf.

Doch die Welt weiß nichts von diesem Dilemma: Adam oder Pinocchio. Nur einem Hallodri kann es in den Sinn kommen, die Holzschnitzerei mit der Arbeit eines Gepeto oder eines Joseph zu vergleichen. Eines ist sicher: Der Schöpfer des Theaters, wem auch immer die Ehre gebührt, es begründet zu haben, war mit Sicherheit erschreckt von der Schwere der Einsamkeit und inspiriert von einer großen Liebe zu den von eigener Hand erschaffenen Akteuren. Die von den Fäden, sprich der Vorsehung ihres Autors, gelenkten Marionetten fanden sich, wie in der Geschichte des Theaters nachzulesen, aufgrund fehlender Disziplin aus diesem Prestige-Theater in ein zweitklassiges katapultiert. Von Hand des Regisseurs ward es in die Umlaufbahn der Sonne, einer seiner Reflektoren, geschleudert. Und so rotiert es bis auf den heutigen Tag, zur einen Hälfte beleuchtet von jenem göttlichen Reflektor, zur anderen von künstlichem Licht, dann nämlich, wenn es im Dunkeln liegt. Auf seinen Brettern entwickelt sich eine dramaturgische Handlung, angefangen vom Brudermord über verschiedene andere Modalitäten des Mordes bis hin zum Massenmord. Die Theaterkritiker nennen dieses Bestiarium an Verworfenheit, Verbrechen, Rache und Laster kraft ihres profanen Vokabulars – Geschichte.

Das Drama dauert an, auch im Traum. Unzählige Akteure sterben im Verlauf der Vorstellung, neue werden geboren.

Man erinnert sich großer Rollen: Christus, Buddha, Mohammed, Sokrates, Cäsar, Dante, Ovid, Lao Tse, Marco Polo, Kolumbus, Leonardo, Dürer, Marx, Hitler, Stalin, Tito, Alister Krouli, Borges, Shakespeare, Picasso, Svedenborg, Milton, Yeats, Rimbaud, Baudelaire, Tesla, Dalai Lama usw. usf.

Das jetzt schon zahlreiche Publikum wird mit jedem Tag zahlreicher. Es gibt gleichzeitig die Statisten ab.

Manchmal fällt Regen, manchmal Schnee. Im zweiten Akt kommt es zu Überschwemmungen und Erdbeben. Bei der Aufführung von Kriegen fürchtet das Publikum häufig um seine Sicherheit. Von einem Akt zum nächsten wächst den Schauspielern wie dem Publikum männlichen Geschlechts der Bart bis zum Nabel. Es kommt vor, dass Statisten und Zuschauer in den letzten Reihen an Hunger oder Krankheit sterben.

Jüngst wurde eine Jubiläumsvorstellung gegeben, die zweitausendste, und für ein künftiges Jubiläum ist das Feuerwerk schon bestellt, worüber Sie sich im Anhang des neutestamentarischen Katalogs detailliert informieren können ...

Sinans Traum

Ein armer Teufel und stadtbekannter Narr vom Orient-Basar, Sinan, handelte mit Säcken, die mit einer Mischung aus Sand und Erde gefüllt waren. Für all das erarbeitete Geld reiste er heimlich umher und kaufte seltene alte Bücher, er studierte für sich Latein, Altgriechisch und Hebräisch, die Sprache der Zigeuner und einige ausgestorbene okkulte Sprachen. Außerdem sammelte er Manuskripte aus der Mathematik, der Astronomie, der Magie und der Kabbala.

Wenn er Einfälle hatte, notierte er sie und legte die Blätter in eine Lade. Die ausdauernde und methodisch ausgerichtete Lektüre seiner geheimen Bibliothek lehrte ihn das Zählen mit Buchstaben, so dass er Einblick in die universale Schrift erhielt, mit der sich auch das Hebräische entschlüsseln ließ, das von links nach rechts geschrieben wird, ebenso Latein, das umgekehrt schreibt, und gleichzeitig natürlich auch Chinesisch, denn der Schlüssel von allem war seine Entdeckung des universalen Alphabets aus neunundneunzig Buchstaben.

Mit Hilfe dieses Alphabets las er aufs Neue einige bestimmte, ihm bisher unbegreifliche Schriften und erlangte das geheime Wissen, das in allen Büchern enthalten, Autor wie Leser aber unzugänglich ist. Dank alldem entdeckte er, dass unter seiner Stadt noch eine Stadt existierte, deren Zugang unter einem der Warentische des Marktes verborgen lag, den er daraufhin zum doppelten Preis erwarb und mit Brettern umgab. Er grub bis in die tiefe Nacht, packte das Ausgegrabene in Säcke und verkaufte es am Tag.

Bei alldem hatte er das Glück, allerlei Schmuck zu finden, neue Bücher, Kostbarkeiten aus Gold, Schnallen mit Einlagen aus Edelstein, Bernsteinperlen, Armreifen aus Bronze, silberne Nadeln, Königszepter und Kämme aus Elfenbein, so dass er alsbald der reichste Mann im Staat war.

Dieser nun führte mich in sein Haus und zeigte mir ein Zimmer, das mit altertümlichen Gegenständen und Textilien überfüllt war, denen ein süßlich-säuerlicher Geruch nach Armut und Trödel anhaftete. Das Chaos war wunderbar, wie in der Phantasie, und entbehrte nicht eines gewissen Sinns. Ein riesiger ovaler Tisch war mit uralten Büchern überhäuft, deren Titel nicht zu entziffern oder völlig unverständlich waren. Eines davon betrachtete ich genauer, nahm es zur Hand und blätterte darin. »Leg es weg«, meinte er vertraulich, »bist du das Abenteuer erst eingegangen, gibt es keine Rückkehr mehr. Deine Seele wird durch die Augen ins Nichts entgleiten ... Bücher nähren sich von den Augen der Menschen, diese hier, die viel gelesen wurden, sind satt; deshalb hüte dich vor allem vor den neuen, noch ungeöffneten, denn sie sind hungrig.«

Er verköstigte mich auf bescheidene Art und Weise und führte mich nach langem Gespräch zu meinem Nachtlager.

Es fand sich, einige Fuß hoch gelegen, im Hof. Groß war es nicht, seine Fläche hatte die Spannweite von Adlerschwingen, so dass es sich darauf nur in zusammengekrümmter, fötusartiger Stellung schlafen ließ. Es würden sich dabei die einzig wirklichen Träume einstellen, die zu erinnern und zu enträtseln sich lohnt, belehrte er mich.

Angst, vermischt mit Schwindelgefühlen, ließ mich die ganze Nacht über nicht los, ich träumte den Text, den ich gerade niederschreibe. Doch als es am Morgen von der Höhe herabzusteigen galt, begann sich auf sein Wort hin die erhöhte Bettstatt zu senken, und ähnlich der langen Rolle einer sich entfaltenden Leinwand erstreckte sich unter mir in sanftem Bogen ein Weg, so dass ich leicht zu Boden und ans Ende dieses Traums glitt.

Zimmer mit toten Gegenständen

Dieses leise Pochen im Haus, zuweilen geht man ihm besser aus dem Weg.

Vom Fenster ergießt sich Licht auf das verstaubte Tischchen, auf dem ein altertümliches Spitzendeckchen liegt, gelb geworden vom Tabak und von der Zeit.

An den Wänden Webereien; achtlos auf die Couch geworfen, klebrige Kisschen ohne Bezug; Teppiche, aufgerollt zu Ballen, an eine Wand mit gewellten Tapeten gelehnt.

Zimmer, überfüllt mit abgelegten, ausgedienten Dingen im Ruhestand: Friedhof der Dinge.

Regale und Vitrinen, vollgestopft mit Porzellanfigürchen, mit für immer stehen gebliebenen Uhren, mit Blechdosen für Tee und Gewürze, mit ungelesenen Büchern, Bildern, Gobelins und Fotoalben.

Mit Großmutters Essgeschirr, mit kristallenen Lustern, Regenschirmen, aufklappbaren Gartenstühlen mit Leinenbezug, einem Radioempfänger aus der Vorkriegszeit, Untertassen, versilbertem Besteck und Tabletts, Messingaschenbechern inklusive Engelsfigur, ausgedientem Spielzeug ...

Diese Zimmer riechen nach Trödel und Müßiggang und der Regungslosigkeit von Dingen, die schweigen. Der Geruch nach Staub gleicht dem Schweiß der Veilchen, er hat etwas mit dem Spasmus der Atmungsorgane vor dem Regen, mit der Verringerung des Luftdrucks und dem Einsetzen einer neurovegetativen Dystonie zu tun.

In dieser Art Gebrauchtwarenläden sollte man sich dann und wann einmal aufhalten, versuchen, mit der angehaltenen Zeit zu verschmelzen, die den Sinn aller deponierten Dinge für immer aufhebt, und dabei ruhig und gelassen bleiben, denn man kann sie jederzeit wieder verlassen.

Wie nützlich sie doch ist, diese Visite im sakralen Raum, vollgestopft mit diesen unbrauchbaren, von Hand gefertigten Arbeiten, dieser unvollendeten Erzählung über die Vergänglichkeit, den Tod der Dinge und der Menschen.

Es genügt, dass dich mit einem sanften Kitzel eine Vorahnung von Melancholie berührt, damit du hinaustrittst aus diesem Magazin materieller Kadaver, damit dich die Wärme und Freundlichkeit des pulsierenden Lebens in den übrigen Räumen des Hauses anweht, in denen die Heiterkeit wohnt, in denen menschliche Stimmen klingen, aus denen ein Duft nach Lederkoffern dringt, nach Küche und nach im Sommer getrockneten Heilkräutern.

Einen geschlagenen Nachmittag lang finde ich mich bei herbstlicher Wärme verzaubert von der Kraft dieser magischen Verschiedenheit zweier Welten, die, wie im Fall des Sargdeckels, nur durch eine Tür getrennt sind ...

Der verderbliche Einfluss der Gegenstände auf das menschliche Leben

Jede Maschine, eingerechnet auch die, auf der ich jetzt schreibe, hat ihre artifizielle Seele, so wie alles andere, das von Menschenhand hergestellt und von Gottes Vorsehung erhalten wird.

Wissenschaftliche Untersuchungen elektromagnetischer Wellen, wie sie jeder Gegenstand ausstrahlt, legen nahe, dass es so etwas wie mechanische Lebewesen gibt. Aufzüge und Automobile, Computer und Roboter haben einen eigenen angeborenen Willen, sie sind ausgesprochen besitzergreifend und, wie sich herausgestellt hat, obendrein auch noch rachsüchtig und somit äußerst gefährlich.

Mixer, Haartrockner, Staubsauger und alle Geräte, die ihre Energie aus dem Wechselstrom beziehen, können die Neuronen des Gehirns leicht nachahmen (sie entsprechen jenen Zentren im Gehirn, die unsere Motorik und unsere unwillkürlichen Handlungen regieren) und somit unerfahrenen Laboranten der Biochemie die Anwesenheit lebendiger Organismen simulieren und sie in Panik versetzen.

Elektronische Geräte, das ist bewiesen, sind in vielem abhängig vom energetischen Potential des Subjekts, das sich ihrer bedient.

Bleistifte, mechanisches Werkzeug oder anderes Gerät, das von Hand des Menschen bewegt wird, können ohne weiteres den Charakter und das biologische Feld desjenigen »lesen«, der sie in Betrieb setzt; so dass sie, falls ihnen das »Gelesene« nicht gefällt, ihren Gehorsam verweigern können, das heißt, sie können vorgeblich fehlerhaft sein, obwohl dafür auf den ersten Blick, objektiv gesehen, kein einleuchtender Grund besteht. Man hat beobachtet, dass alle Geräte und Gegenstände besonders dann empfindlich auf Menschen reagieren, wenn diese unter Stress stehen: In diesem Fall haben sie die Gewohnheit, sich mit Hilfe eines eigenen molekularen Gitters zu verschließen und damit für eine bestimmte Zeit unbrauchbar zu sein.

Viele Gegenstände, die bei Arbeitstherapien in psychiatrischen Einrichtungen von den Händen Geistesgestörter hergestellt werden, können die induzierten »geisteskranken« Viren auf unglückliche und nicht unterrichtete zufällige Benutzer übertragen! Es ist daher anzuraten, sich insbesondere über die Herkunft jedes Gegenstandes, mit dem ein Mensch in Kontakt kommt, zu informieren.

Unwiderlegbar ist bewiesen, dass edle, gutmütige und verliebte Menschen alle Geräte, mit denen sie in Berührung kommen, hypnotisieren; diese Geräte beugen sich ihrerseits gern dem Willen dieser Menschen, so wie auch die Dinge in der Nähe von Gläubigen, die in tiefer Kontemplation und innigem Gebet verharren, eine blitzende Korona bekommen; sie heilen selbst Kranke.

Mit allen möglichen Gegenständen und technischen Geräten sollten unangenehme Gespräche vermieden werden, vor allem aber sollte man weder Flüche noch Verwünschungen an sie richten. Wer ihnen mit Absicht Schaden zufügt, möge besonders vorsichtig sein. Sehr schnell kann ihn die Rache ereilen, in gewissen Fällen sogar eine für das Leben fatale.

Verführt vom menschlichen Blendwerk des Lebens

Damals im Traum, untergetaucht in tiefes Wasser, ohne Hoffnung, jemals wieder das Tageslicht zu erblicken und wieder Luft in die Lungen zu pumpen, dachte ich zum ersten Mal: Jetzt ist wirklich alles aus! Natürlich hat mich am Ende der Instinkt zur Selbsterhaltung erwachen lassen, und ich schnappte gierig nach Luft.

Vielleicht war ich in diesem Traum tatsächlich am Ersticken und litt an irgendwelchen physiologisch bedingten Atemstörungen. Wie oft hat der Mensch, wenn er schläft, einen Asthma- oder Schlaganfall; eine solche Mikrokrise oder Herzstörung setzt lange und morbide, vor allem aber bedrohliche Sequenzen in Szene, die auf dem Bildschirm des Träumenden erscheinen, und zwar vor, gleichzeitig mit und nach dem Ereignis, von dem die Krise ausgelöst wird.

Ein anderes Mal erschreckte mich im Traum die Nachricht, junge Wissenschaftler hätten den Ursprung der sichtbaren Welt entdeckt. Angeblich solle das Äußere alles Bestehenden die Folge einer Verbrennung des astralen Nukleus sein – Prozess einer Materialisierung der Sonne!

Ich glaube, dass ich mir im Traum nahezu die komplette Definition gemerkt habe, die, ungeachtet meines bescheidenen, genauer gesagt, nicht vorhandenen Wissens über das Gesagte, einen Sinn ergab.

Aber wie das so ist, mit dem Erwachen hatte ich alles vergessen, so dass ich jetzt unter großem Risiko nur eine höchst unzuverlässige, fragmentarische Erinnerung paraphrasiere.

So wie die Flamme die physikalische Manifestation der Verbrennung ist, so wäre, gemäß dieser Theorie, das Äußere dieser Welt im Sonnensystem nur ein Abglanz, ein Rauch, ein Produkt des Siedens und Kochens der Quintessenz von Materie und Geist infolge der Reibung von Zeit und Raum.

Alles betrachtend, was dem Auge zugänglich ist, und verführt vom äußeren Blendwerk des Lebens, gelingt es uns nicht, Einblick zu nehmen in den ernst zu nehmenden okkulten Inkarnationsprozess der materiellen Welt aus der geistigen Matrix ...

Auf solche Weise verführt vom Blendwerk des Traums bin ich, obwohl jeder wissenschaftlichen Grundlage entbehrend, dennoch intuitiv von ihnen überzeugt und geneigt zu glauben, dass das kodierte Zeichensystem unserer Zivilisation die Unstimmigkeiten multipliziert und neue Kilometer in einem Labyrinth erschafft, in dem wir uns mit jedem Schritt weiter vom Ausgangspunkt entfernen.

Auch dass das Gesetz der Folge in Kraft tritt und nicht das der Ursache; dass man das Geistige durch das Physische vulgarisiert, dass Banken Kirchen werden, Fernseher – Ikonen; dass die Geistlichkeit von Hoffnungen weckenden Politikern abgelöst und Geldstücke zu Hostien des Technikzeitalters werden, Engel – Flugzeuge. Eine Zeit, die die Folge eines katastrophalen historisch-evolutiven Fehlschlags ist, eines galoppierenden Sündenfalls.

Ein Tag

Einzelne Fahrzeuge entlang einer Straße, die mit Bäumen gesäumt ist. Ein Kind rennt und fällt hin. Ein Mann zündet sich eine Zigarette an, bläst den Rauch aus und stößt die Zigarette in den frischen Humus eines Toten. Rauch steigt auf. Das Kind hebt seiner Puppe das Kleidchen hoch und schaut darunter. Die alte Frau, die vom Markt kommt, holt aus ihrer Tasche ein paar Hühnerbeine, Porree und Maiskolben. Ein Mann küsst ein Stück Brot, versinkt in Gedanken, isst. Ein Kind seufzt tief, stützt den Kopf in die kleinen Hände und sieht durch das geschlossene Fenster irgendwohin nach draußen. Ein Junge umarmt den Stamm einer Kastanie, liebkost ihn.

Der Gesichtsausdruck des kleinen Mädchens, das den roten Saft auf das neue weiße Tischtuch verschüttet hat. Das Gesicht des Mannes, dem ein Apfel auf den Kopf fällt. Das Kind, das heimlich den Zuckerguss von der Torte schleckt. Die Mutter, die dem Kind mit dem Holzlöffel auf die Finger schlägt. Aus einer Weinkaraffe begießt ein alter Mann ein Grab und schlägt über ihm das Kreuz. Ein junger Mann blickt mit einem Lächeln auf ein Mädchen, das eine Banane isst. Das Mädchen, das seinen Blick auffängt, legt das halb gegessene Obst zur Seite und blickt kopfschüttelnd in die andere Richtung. Ein Kind malt einen Apfel. Es verschmiert die Zeichnung, zerknüllt das Papier, wirft es auf den Boden, grapscht nach dem Apfel und beißt hinein.

Das Kind, dem man mit einem Kochlöffel auf die Finger geschlagen hat, versetzt der Katze einen Fußtritt. Der Pope in der Kirche kreuzt fromm die Hände über der Brust. Aus seiner Hand lugt ein Schlüsselbund. Ein Mann lacht mit vollem Mund, verschluckt sich und hustet. Er besinnt sich, spuckt den unzerkauten Bissen aus, legt ihn neben den Teller und bekreuzigt sich. Ein Junge wacht auf, holt seine Strümpfe unter dem Bett hervor, hält sie sich unter die Nase und lässt sie dann verächtlich fallen. Ein junger Mann gießt einem Mädchen, das im Gras liegt, Wein in den Nabel. Dann beugt er sich hinab und sammelt ihn mit der Zunge ein. Ein anderer Mann geht an einem Spiegel vorüber und sieht kein Spiegelbild. Er kehrt um, will sich überzeugen. Ein Kind tastet im Schlaf nach der Frische des Federkissens. Legt seinen Kopf darauf. Schläft weiter ...

Spiele im Dunkeln

Zu Beginn des Winters 1993 wohnte ich in Belgrad in der Cetinska. Eines frühen Abends, als ich im dunklen Zimmer auf meinem Bett lag, versuchte ich mit einem Druck auf die Augäpfel Visionen und Bilder zu produzieren, jenes Kunterbunt, das ich mir bei geschlossenen Augen schon als Kind vor dem Einschlafen zu veranstalten wusste.

Ich erinnere mich nicht, wie lange ich mit den Fingern auf die Lider drückte, noch erinnere ich alle spontanen Vitragen, die mir wie das Glas eines Kaleidoskops erschienen. Ich erinnere mich an folgendes Phänomen: das Bild eines unendlich langen Tunnels, durch dessen Mitte ich, ähnlich dem »Superman« den rechten Arm nach vorn gestreckt, an seinem Ende die Hand zur Faust geballt, mit großer Geschwindigkeit dahinflog. Ich flog auf den weit geöffneten Rachen eines Krokodils zu. War ich durch eines hindurchgefahren, erschien augenblicklich ein zweites, drittes und immer so fort, und so durchfuhr ich sie eine geraume Zeit.

Danach tauchten weitere Hindernisse auf, es waren die Figuren von Tigern im Sprung. Auch sie multiplizierten sich in der Ferne und reihten sich so schnell eine an die andere, dass ich im Vorüberfliegen nur knapp der vordersten auswich. Mit der einen oder anderen aber prallte ich direkt und in fürchterlicher Weise zusammen, wobei ich mit meinem ganzen Wesen die Schwere ihrer Körpermasse verspürte, doch setzte sich mein Flug auch weiter mit unverminderter Geschwindigkeit fort, unabhängig von den Einbildungen und sinnlichen Halluzinationen körperlicher Kontakte.

Der Flug erfolgte in Richtung einer gedachten Öffnung. Diese Öffnung war noch nicht zu sehen.

Sie war eher so etwas wie eine Ahnung oder ein Vorhersehen, dass es sie geben musste, ein kleines rundes Fenster oder entferntes Licht, eine sichere und logische Hoffnung, dass es irgendwo hinter diesen morbiden Bildern einen Ausweg gab.

Unmittelbar vor dem Ende der Vision, ich erinnere mich, floh kopflos vor mir ein weißer Hase.

Noch lange danach habe ich vergeblich versucht, die Bedeutung der Symbole zu entschlüsseln, die mir das Unterbewusste bot, ebenso wie die möglicherweise versteckten Botschaften, die mir bei der Selbstanalyse hätten behilflich sein können.

Der Einblick in das physische Erlebnis immaterieller Visionen ist keinesfalls unbedeutend.

Die schnelle Bewegung fühlenden Fleisches durch den Raum des Tunnels, das Durchdringen der Gestalten pervertierter Tiere, dazu eine Phantasiewelt, die die Kraft der Wirklichkeit besaß.

Heute denke ich, dass dieses Erleben, das in meinem Gedächtnis gespeichert liegt, etwas Perverses und Erschreckendes besaß, das mir, wenn ich es herbeirufe, aufs Neue die Seele mit Furcht erfüllt.

Im Übrigen hat mein jüngerer Sohn David, in derselben Stadt, im selben Krankenhaus und am gleichen Tag geboren wie ich, die gleichen Lieblingsspielzeuge: Tiger und Krokodile ...

Über die Zeit

Die Zeit lässt sich nicht in Fesseln legen.

Künftige Erfindungen der Fotografie und die Möglichkeit audiovisueller Aufzeichnungen können das Unwiederholbare des Augenblicks weder zunichtemachen noch dauerhaft fixieren. Wir halten solcherlei Erfindungen für falsch, denn unsere Vorfahren werden sich nicht mehr mit warnenden Botschaften in unseren Träumen melden, noch können die Dichter, diese Propheten und Medien, die Ideen aus der kosmischen Plazenta länger heraushören und niederschreiben. Beim Betrachten von Fotografien, beim Abhören konservierter Musik, beim Anschauen von Video-Kassetten und beweglichen Bildern eines Films müsste man die Absenz der Lebensvibration wahrnehmen, sie einfangen können. Auch den Fenster-Ansichten ist dieses Vibrieren fremd.

Die im Menschen eingebauten Empfänger für die Aufnahme von Klängen aus dem heiligen Egregor* werden mit einer Menge von Personen, Gegenständen und Ereignissen aus der Vergangenheit, die nicht mehr existieren, verstopft sein.

* Egregor: Magnetisch-energetische Wolke, die über der Verbindung geistiger Energien zweier oder mehrerer Wesen entsteht. Notiz, die ich in meiner Jackentasche nach einem Besuch bei Sinan fand.

Gerade jetzt ist der Zeitpunkt, in dem der Mensch mit der Überakkumulation von Zeit-Müll seine im Hinblick auf die ewig pulsierenden, kreisenden Signale wichtigste Befähigung amputiert, eine der unverzichtbaren Dimensionen des Großen Gesetzes.

Die Hölle des Repetierens und der Götzendienst an den toten Sekunden wird die naturgegebene, intensive menschliche Sensibilität für die außermaterielle Welt verringern, die Menschheit wird sie durch vergebliches Erinnern vergeuden.

Der aktuelle Augenblick vermag nicht statisch zu sein, denn er waltet über alles bisher Verflossene ohne die Notwendigkeit, es wiederkehren zu lassen.

Da das *Gesetz* die unaufhörliche Bewegung gebietet, das Durchdringen von Raum und Zeit, werden alle technischen Erfindungen, die es verstehen, die Vergangenheit in die Gegenwart zurückzuholen, die Löcher im Weltall unendlich multiplizieren und damit einen Tunnel öffnen, in dem das Echo von allem, was schon vergangen ist, versteinert und erstirbt.

Es wird eine allgemeine Entropie eintreten, ohne Dichter und Propheten. Das Flüstern des Kosmos wird überdeckt sein von einem Netz höllischer technischer Apparaturen, verpestet von der Kakophonie artifizieller Impulse, so dass die Menschheit synästhetische, längst ausgestorbene Codes benutzen wird. Das Menschenzeitalter, das man einst in Millennien maß, wird sich auf weniger als ein Jahrhundert verkürzen und immer noch kürzer werden aufgrund der angeführten Kalzination der Zeit ...

Infantiler Traum

Im Bett liegend, die Arme im Nacken verschränkt, liebte ich es, lange und unverwandt den Himmel zu betrachten. Ich war hypnotisiert vom Anblick reisender Wolkenfetzen, wie sie über den Himmel verwehten, gemächlich eine der unzähligen Formen zerstörend und zugleich eine neue kreierend, von einem unbekannten schöpferischen Willen zusammengefügt und wieder zerpflückt kraft eines künstlerischen Willens, der ihnen die Gestalt wiedererkennbarer oder amorpher Formen verlieh. Hier quoll ein mittelalterlicher Ritter hervor, dort tauchte der Kopf eines Kalbes herauf und verwandelte sich in ein Paar Stiefel, die Stiefel in eine Schere, die Schere in ein spinnennetzartiges Nichts ...

Die Flecken an der Zimmerdecke, durch die es regnete, und die Isohypsen der Jahresringe auf dem lackierten Furnier der Möbel boten eine ähnlich abenteuerliche Metamorphose. Ihre Unbewegtheit erregte die Phantasie des kranken Träumers.

Karawanen von Wolken kamen von einem unbekannten Ende der Welt her und fanden sich jetzt, vor dem Hintergrund drohender Unendlichkeit, an ein anderes, geheimnisvolles Ende dieser Welt getragen, wobei sie, mit dem Entstehen und Vergehen aller Formen spielend, durch mich hindurchgingen – Spiele, wie sie nur die göttliche Vorsehung kennt.

Wie beneidete ich die Wolken, ihre durch nichts gehinderte Freiheit, wie litt ich daran, sündig zu sein, eingemauert in diesen unbeweglichen Körper.

Gib Herr – ich sehne mich schon so lange danach – über Städte und Felder zu fliegen, durch alle Zeiten und Welten, damit ich wie Till Eulenspiegel den Duft der warmen Semmeln vor der Dorfbäckerei einatme. Gib, dass ich die friedlichen kleinen Seen betrachte, Spiegel, gerahmt von einem Wald aus Koniferen, dass ich dem langgezogenen abendlichen Gesang der Frauen auf dem Feld lausche, dass ich fliegen kann wie der für immer einer Kinderhand entflohene Papierdrache, fliege auf dem Rücken des Falken, um mein Gesicht an einer Gebirgsquelle zu kühlen.

Erlöse mich, Herr, so dachte ich, aus meinem schimmeligen Zimmerchen; möge mich diese unaussprechliche Traurigkeit wegen allem, was für immer meinem Auge unzugänglich ist, gleich einem abgeschnellten Pfeil durchs offene Fenster tragen, unbekannt wohin, nur weit genug möge sein Flug reichen ...

Dort aber, wo er niederstürzt und aufprallt, soll mein durch nichts gekennzeichnetes Grab sein.

Zunächst bemerkte ich, dass ich viele Details wahrnahm, die die Menschen meiner näheren Umgebung leichtfertig übersahen oder gar nicht imstande waren zu sehen.

Dann begann ich dieses Offensichtliche-Unsichtbare mit der Begierde eines Sammlers aufzuschreiben und zu ordnen, eine Kollektion von den disparaten Fragmenten einer Wirklichkeit, die einzig in meinem Kopf existierte.

Wenn eine Bohne an einen Fötus erinnert, ein Fötus an eine Niere, eine Niere an einen Telefonhörer, dann hat diese visuell-assoziative Kette einzig meine Imagination ausgelöst.

Ich sammelte diese Aufzeichnungen von verzerrten Abbildungen der Wirklichkeit, die der Spiegel meiner Aufmerksamkeit einzufangen, ich aber zu vergeuden pflegte, da ich gewohnt war wie beiläufig zu leben.

Es war mir darum zu tun, Dinge und Ereignisse aus der Starre und Lethargie ihrer konventionellen Benennung zu befreien, ihre angebliche Determiniertheit zu destabilisieren, um mit dieser Veränderung die Landkarte einer neuentdeckten Welt zu kreieren, die sich über ein kaum wahrnehmbares Flüstern in dem von mir geächteten Wachzustand oder in den Träumen bot. Ich war überzeugt: Was ich tat, war nicht verrückt, dies traf vielmehr auf den Schein des

Alltäglichen zu. In Flecken, Düften und allem, was existierte, war nichts endgültig und abgeschlossen.

Dieser verborgene Augenschein des Urgrundes erfüllte mich mit Enthusiasmus und der Hoffnung, dass der Idee von der menschlichen Existenz ein gewisser Auftrag innewohne, das Rätsel des perzeptiven und sinnlichen Verstehens der Welt zu lösen.

Ob allein dies für meine Hand Impuls und Einladung war, nach dem Bleistift zu greifen, um die Zeichen und Linien der Buchstaben zu formen, weiß ich nicht.

Ich erinnere mich jedoch, dass ich heftig wünschte, das Wort *Beine* zu schreiben, die daraufhin zu laufen begännen, und das Wort *Stirn*, deren Schweiß das feine, holzfreie Papier aufweichen würde ...

*

Ich kehre zurück in meine jugendlichen Depressionen, in die Zustände der Niedergeschlagenheit und die Gefühle der Ausgrenzung, welche die Außenwelt mir eingepflanzt hatte, auch in das Alleinsein, in das ich mich freiwillig begab. Es war mir nicht begreiflich, wie es aussah, das emotionale Material, aus dem ich geschaffen war. Ließ mich die Abenddämmerung schwermütig werden, der Duft der Bäume und die Feuchtigkeit der Luft, war es der warme Herbstwind, Stimmen und Gebell in der Ferne oder die Nacht vor dem ersten Schnee? Woher die Schlaflosigkeit bei Vollmond, das sich Vertiefen in Himmel und Wolken, und warum trieb mir der Duft der Linden Tränen in die Augen?

Alles war mir ungeheuer, vor allem das Bewusstsein von der eigenen Existenz. Der Gedanke, dass meine Eltern eines Tages sterben könnten, jagte mir Schrecken ein. Ich war unglücklich, als meiner Mutter eine Aprikose auf den Kopf fiel, als mein Vater mit weit aufgerissenen Augen nach Luft rang, als unser Auto einen Hund überfuhr und die Nachbarn eine Katze vergifteten.

Ich liebte die schweren und samtenen Stunden der Stille, wenn sie über mir zusammenschlugen, und mied die Menge. Nur das Alleinsein versprach mir ein Raunen, eine versteckte Formel oder einen Schlüssel, mit dem sich irgendwo in einem Schloss auf hohem Berg, auf einem abgeschiedenen Dachboden eine geheime, in Vergessenheit geratene Truhe aufschließen ließ. Was immer ich bisher getan, in was ich meine klägliche Anstrengung auch investiert hatte, es galt dem Sammeln imaginärer Schlüssel und dem Erproben imaginärer Schlüssellöcher.

In meiner Truhe liegt vergessen eine wunderbare und geheimnisvolle Schrift über die künftige und die vergangene Zeit, über den wahren Namen der Dinge, daraus hervorgehend eine Weisung, die noch zu Lebzeiten zu erfüllen sei.

Etwas wie eine Kostbarkeit, erhaben und heilig.

Berücksichtigt man den Einfluss der Bücher, die ich damals zu lesen bekam, so war ich ein verhinderter Pirat auf der Suche nach dem verborgenen Schatz einer geheimnisvollen Insel oder ein noch unbefähigter, weil zu junger Ritter, der in den Kampf zog, um die schöne Tochter des Kaisers vom bösen Drachen zu befreien, ausgerüstet mit Pappschild und hölzernem Schwert.

Auch heute, wenn mich böse Ahnungen und Zweifel befallen, wenn ich mit immer derselben Schwere verzage, wenn mich Verzweiflung bedrängt und Traurigkeit, wenn mich die Kreise einer höllischen Leere umringen, ist meine einzige Hoffnung und mein alleiniger Schutz die Suche nach jener Truhe und ihren Schlüsseln.

Es gibt keinen Garanten, der mir einen guten Ausgang prognostizieren könnte (als Gott allein), auf dass meine lebenslange Profession Früchte trage. Doch erscheint das Leben durch sie erträglicher und heller, auch gibt sie mir die Hoffnung, dass ich mich ihrer würdig erweise.

Werde ich je eine Truhe finden und aufzuschließen wissen?

Ist sie gar in mir verborgen?

Oder bin ich es, der sich auf ihrem Grund verborgen hält?

*

Lesen, obsessive Flucht vor allem, was starrsinnig ist, was sich mir aufdrängt, was ich genötigt bin zu sehen, zu hören; Flucht vor einem Inhalt, der sich in meinem Kopf dreht wie ein psychomentaler Kreisel, wie der Widerschein des abgestoßenen Mülls der Technowelt. Flucht vor allem vor dem Dulden von Telefonaten, diesem menschlichen Verbalverkehr, der von Grund auf unaufrichtig ist.

Flucht auch vor dem TV-Empfänger (eine satanische Erfindung par excellence: wenn es eine Hölle gibt, so ist sie mit an Sicherheit grenzender Wahrscheinlichkeit von Bildschirmen umgeben), Flucht vor dem Terror von Uhren und Kalendern, von klimatischen Bedingungen und gesellschaftlichen Einrichtungen ...

Ich las, um meine sinnlichen Eindrücke und unkontrollierten Gedanken zum Schweigen zu bringen, es beschäftigte und beschwichtigte meinen Verstand auf gewisse Zeit; ich las, wann immer es möglich war, ich las unter anderem auch, um den diensthabenden Gedanken über mich für einen Augenblick loszuwerden. Ich las Bücher, Zeitungen, Zeitschriften und Magazine ohne Ordnung und System ...

Ich las aus Neugier, im Glauben, dass ich hinter dem, was ich las, etwas fände, was es dort, wo ich lebte, nicht gab. Ich las aus absoluter Notwendigkeit, aus Selbstverteidigung, wenn ich mich in einer Zwickmühle befand.

Aber auch diese Vereinnahmung fand sich häufig durch umherfliegende Assoziationen befleckt und von zerstreuter Aufmerksamkeit behindert: zwei gelesene Zeilen, die beim Lesen der dritten wieder vergessen sind!

Meine Aufmerksamkeit als Leser fand sich seit je von allerhand mentalen Tricks, von phantomartigen, nebenherlaufenden Dialogen konsterniert. Ich beginne etwa mitten in Sartres *Fliegen* mit meiner früheren Ehefrau oder dem Verkäufer, der mir das Kleingeld nicht rausgegeben hat, zu streiten. Oder es sucht mich aus heiterem Himmel die Drehleier einer geschmacklosen Melodie heim, die ich irgendwo draußen aufgeschnappt habe. Treffe ich im Text auf Pferd und Reiter, so jage ich ihnen kantapper, kantapper hinterdrein und bin auf der nächsten Seite bereits schweißgebadet ...

Doch vermochte ich, wenn ich las, wenigstens den äußeren Lärm zu dämpfen, zuweilen auch die innere Tyrannei. Mit den Augen eines Ertrinkenden umklammerte ich Rettung suchend mein Buch, ein Schiffbrüchiger auf faulem Balken inmitten des Ozeans, damit das Leben mich, den geborenen Nichtschwimmer, nicht verschlinge. Ich überlebte bei der Lektüre toter Schriftsteller und Buchstaben, nicht existierender Landschaften und Menschen, längst vergangener Ereignisse. Ich lebte das Surrogat eines Lebens mitten in einem Leben, das mich auf allen Seiten umströmte, ich war ein Buchstabenfresser, der sich auf dem mit Ameisengraffiti beschriebenen Sand seinem Stab anvertraute.

Auf diese Weise geriet ich in den Zustand eines sanften, kontrollierten Kollaps, die Welt war erträglicher für mich. Lesen, lernen, zuweilen irgendeinen flatternden Gedanken notieren, das war meine persönliche Anästhesie.

Der Schein bewegt mich noch immer, ich hätte dennoch die Freiheit der Wahl und alles ergäbe, selbst wenn es Flucht war, einen Sinn und überstiege die untere Schwelle eines bloß vergänglichen Abenteuers menschlicher Organismen in einer metabolierenden Existenz, Organismen, die sich im Übrigen lieber als Menschen bezeichnen.

Sei es der Duft des Flieders im Frühling, ein dünnes und doch klingendes Kinderlachen und dann und wann der Glanz im Auge einer Frau.

Auf diesem Maskenball, obwohl ich meine, keine Eintrittskarte zu haben, wird man mich unschwer erkennen: mein Gesicht ist hinter einem Fächer verborgen, einem mit zwei Händen aufgeschlagenen Buch ...

EPILOG

Heilige Pflicht

Jedes Erwachen –
ein neues Trauma meiner Existenz.
Und so erneuere ich wieder und wieder die
in Vergessenheit geratene heilige Pflicht:

Der Mensch ist ein vergessliches Geschöpf.
Er muss sich unausgesetzt erinnern
und das Erinnerte im Gedächtnis behalten.
Wer es nicht kann, muss es aufschreiben.

Anderes tue ich ja nicht:
Jeden Morgen schreibe ich es auf
(um es nicht zu vergessen),

dass ich wirklich lebendig bin und
dass es allein deshalb
notwendig ist zu leben ...

Dragoslav Dedović:

Und noch einmal vom Vorzug des Lesens

In einem unserer langen Gespräche in Köln schilderte Jovan Nikolić, woran zu erkennen sei, wie sich die Welt im Laufe seines bisherigen Lebens von Grund auf verändert hat: Als Kind habe er beobachtet, wie die Sänger auf dem Festival von San Remo die Hand aufs Herz zu legen pflegten. Heutzutage liege die Hand von Sängern vornehmlich auf ihren Genitalien. Dem von der Unterhaltungsindustrie in einem halben Jahrhundert zurückgelegten Weg vom Pathetischen zum Vulgären entspricht in der Literatur in etwa der Weg von der Moderne in die Postmoderne.

Jovan Nikolić sagt von sich selbst, dass er Wunder liebt. So lässt sich sein Buch auch als Chronik einer unaufhaltsamen Entzauberung der Welt lesen. Die Verse im ersten Zyklus versetzen uns in eine Welt zurück, die sich dem Kind als riesiges und verlockendes Rätsel darstellt. In einer solchen Welt weiß (wie im Gedicht *Das Lager*) »der Sklave nicht, dass er Sklave, Salz nicht, dass es salzig ist ...«, noch ist »jedes Fenster – Ikone« *(Winter)*. Im Gedicht *Fenster*, das viel später entstand, erlebt Nikolić dagegen den ganzen Himmel als Glasscheibe, diesmal nicht als zauberhafte, duftige Andeutung des Wunders, sondern als schmerzhafte Membran, die den Betrachter vom eigentlichen Leben trennt, ihn in den Grenzen einer verlogenen Welt gefangen hält.

Der Sklave durchschaut die Sklaverei, die wundersame Welt gibt sich als Sinnestäuschung zu erkennen; das Kind in uns ist erwachsen geworden. Wenn aber das Wunder aus der Wirklichkeit des Menschen verstoßen wird, besteht dann noch Hoffnung, dass unserer Existenz ein wie auch immer gearteter Sinn zukommt? Jenseits der Fensterscheibe, hinter dem Spiegel, außerhalb einer zum Erschrecken materiellen Wachheit, die ihren Ausdruck in jener öffentlichen Handbewegung in Richtung Genitalien findet?

In Nikolićs Gedichten sind die Spuren der Erinnerung an die Existenz einer anderen Welt, einer unsichtbaren, verborgenen, ständig gegenwärtig. Den Schlüssel für das Verständnis eines guten Teils der Texte legt uns der Autor mit dem folgenden Vers in die Hand: »Seither kann ich nicht mehr unterscheiden, ob ich all das lebe oder ob ich in Wirklichkeit nur träume zu leben ...« *(Denen die von der Wahrheit wissen).* Ohne die Suggestion zu akzeptieren, dass Traum und Wirklichkeit gleichberechtigte Tatsachen sind und bis zur Unkenntlichkeit miteinander verflochten, scheint es unmöglich, in die literarische Welt von Nikolić einzudringen, die auf der Ambition beruht, genau an der Schnittstelle von Traum und Wirklichkeit einen autonomen Ort zu konstituieren. Joseph Campbell sagt, Träume seien persönliche Mythen und Mythen kollektive Träume. So gesehen ist Nikolićs *Traum vom Haus* sein großer persönlicher Mythos, der sich in seinen tiefsten Schichtungen mit den kollektiven Träumen der Roma berührt.

Schon der zweite Zyklus des Buches schafft dazu einen markanten Kontrapunkt. Mit dem Sterben des Vaters stirbt auch die *Magie des Klangs*. Das Haus, gegründet auf einer privaten, familiären Mythologie, ist der Ort, an den sich der Dichter, vertrieben aus der Kindheit, flüchten kann, allerdings nur, um zu konstatieren, dass »die Zeit im Haus stehen blieb und rückwärts lief« *(Rückkehr)*.

Der Titel des Buches, »Zimmer mit Rad«, ist auf den ersten Blick Metapher für das In-Bewegung-Bleiben als Überlebensstrategie, die sich durch jahrhundertelange Erfahrung bestätigt findet; Metapher zugleich für den Wunsch, irgendwann einmal irgendwo anzukommen, zurückzukehren, zu Hause zu sein. Aber Jovan Nikolić lässt sich nicht auf die Rolle eines Ethno-Lyrikers reduzieren. Sobald wir uns seine gesamte Poesie und Prosa für einen Augenblick buchstäblich geometrisch vor Augen führen – als Zimmer mit nur einem Rad –, werden wir gewahr, dass es nicht nur um jenes Rad geht, das ein Symbol der Roma ist. Nikolićs Zimmer verharrt im Zustand der Schwebe nur deshalb, weil ein außerordentlich fähiger Jongleur es dazu anhält. Dieses Buch dokumentiert die über Jahrzehnte währende Anstrengung des Autors, eine ästhetische Balance zwischen Traum und Wirklichkeit herzustellen, zwischen kollektivem Schicksal und einem ausgesprochen individuellen Verständnis der Welt, zwischen christlicher Strenge und heidnischer Freizügigkeit, zwischen Herkunft und Sprache, zwischen Schwermut und Witz.

Im Übrigen weiß Jovan Nikolić genau, dass er von Geburt an selbst Schnittpunkt unterschiedlicher Sprachen und Kulturen ist. Geduldig hat er als Autor nach der nur ihm eigenen Sprache gesucht, über den Text die Einmaligkeit seiner Position in der Welt zu definieren, eine einmalige Welt zu kreieren. Und diese seine Sprache hat er gefunden.

Als Kind eines Roma-Saxophonisten und einer serbischen Sängerin lernte er auf den Tourneen nahezu alle Hotels des ehemaligen Jugoslawien kennen, in denen man auf ein gutes Tanz-Repertoire hielt. So kam es, dass er in einem Ort zur Welt kam, in einem anderen zur Schule ging, um schließlich im Romaviertel von Čačak zu landen, wo sich die Eltern auf dem Besitz des Großvaters niederließen. Für Nikolić wurde, wie das im Übrigen bei Kindern aus so genannten »Mischehen« häufig der Fall ist, die Herkunft gleichermaßen zu einem Segen wie zu einem Fluch. Allzu belesen für das Romaviertel und allzu dunkelhäutig für jene, mit denen er die Muttersprache teilte, maß er den Abstand zur Welt, die sich in »Gadže« und »Zigeuner« teilte, mit Hilfe einer Skala, die ironisch den *Grad an Invalidität* bemaß. Dieses traumatische Erleben einer doppelten Nichtzugehörigkeit transformierte sich später zu dem Bedürfnis, in der Mutter-Sprache die Formel für die Vater-Welt zu finden. Nikolić wurde so zu einem der angesehensten serbischen Schriftsteller und gleichzeitig zu einem Faktor der Roma-Literatur, an dem man nicht vorbeikommt – sofern man diese, ungeachtet der verwendeten Sprache, als Literatur definiert, die von Roma geschrieben wird.

Nach seiner Ankunft in Belgrad und seiner Entdeckung als Lyriker wird Jovan Nikolić (»Joff«, wie ihn seine Freunde nennen) in den achtziger und neunziger Jahren des letzten Jahrhunderts zu einem gesuchten Kabarettisten, textet Songs für bekannte Pop-Gruppen, schreibt Kolumnen für eine Wochenzeitung. In seinen literarischen Arbeiten wird der Ton ironischer, das Geistreiche kämpft mit der Melancholie, die Verwunderung mit dem Fatalismus, der einstige Traum verwandelt sich in einen großstädtischen Oneirismus. Die Welt als Wunder und als tödliche Falle. Während dieser ganzen Zeit schreibt Nikolić auch Prosa-Fragmente, wovon das meiste im

Koffer landet. Ein glücklicher Umstand für dieses Buch, denn ich konnte in den Koffer mit der Prosa, so oft ich wollte, hineingreifen. Das Resultat liegt vor – ein Manuskript als Collage, die man auch »The best of Joff« nennen könnte, hätte das nicht einen dermaßen unverbindlichen Beigeschmack.

Die Kriege, die den Zerfall Jugoslawiens mit sich brachten, gaben Nikolić wie Millionen anderer Menschen aus dem ehemaligen Jugoslawien das Gefühl, plötzlich in einem Alptraum aufzuwachen. Es waren Jahre, in denen Nikolić wenig schrieb; wenn er sich gelegentlich zu Wort meldete, dann mit kritisch-satirischen Texten wie »Großserbische Erektion«. Der unter dem Eindruck der NATO-Bomben herangereifte Entschluss, Miloševićs Jugoslawien zu verlassen, brachte für ihn eine Zuspitzung der Frage, wie sie Schriftsteller zuweilen auch unter glücklicheren Umständen befällt: Warum schreiben? Wer wird schon in Deutschland oder an einem beliebig anderen Ort die Texte eines Roma-Autors lesen, der serbisch schreibt? Dieses Buch wird Nikolić eine Antwort geben, seinen neuen Lesern aber die einmalige Gelegenheit, sich von den Vorzügen des Lesens überzeugen zu lassen.

INHALT

BROT UND SAXOPHON

STADT-GEBET

EIN MANN DER TRÄUMT
ALLEIN ZU SEIN

JENE DIE HEUTE NACHT
EIN GOTT TRÄUMT

WORT UND SCHLÜSSEL

EPILOG

NACHWORT